哈福

哈福

— 中文拼音輔助　1秒開口說法語 —

用中文

單字篇

輕鬆學法文

·初學法語最強入門書·

Bonjour
〔崩啾〕
你好

Au revoir
〔歐　黑瓦喝〕
再見

Excusez-moi
〔艾克司Q思- 莫爾〕
對不起

Merci
〔妹細〕
謝謝

附QR碼線上音檔
行動學習·即刷即聽

林曉葳 ◎編著

只要會中文，就能開口說法語

哈福

中文注音輔助
會中文就能說法語

名主持人胡瓜曾和電視圈朋友結伴出國旅行，當他們在機場轉機時，找不到要搭的飛機，想問外國人，又開不了口，只好學小鳥鼓翅狀，比手劃腳半天，外國人才明白他們的意思，可知學外語的重要性，至少出國時方便多了。

學一點「有趣的」，對學法語有用的技巧，也就是玩一下語言的小把戲，讓說法國變得好輕鬆、好有趣。

如果您總是不循規蹈矩，專找新奇、冒險的玩意兒。那麼，推薦您一種私房的法語學習法，那就是用中文開口說法語。

學法語，很多人就會聯想到國際音標口腔發音和枯燥的發音練習，似乎那是一條漫長的路。也因此，對一般有心學好法語入門者，或是曾經學過法語有過挫敗經驗的人來說，怎麼走出第一步，或是再跨出第二步，都是相當頭痛的問題。

本書是為了符合沒有法語發音基礎的人，在沒有任何學習壓力下，馬上開口說法語，法國走透透。於是，利用國字當注音這一個小把戲，讓學法語變得好輕鬆、好自然。

多聽線上MP3，效果事半功倍

為了造福自學的讀者，本書特聘法籍專業老師，錄製道地的法語，請您多聽線上MP3 內容、反覆練習，學習標準的發音和聲調，發揮最佳效果。錄音內容為中文唸一遍、法文唸三遍，第一、三遍為正常速度、第二遍唸稍慢，有助您掌握實際的發音技巧，加強聽說能力，學好純正的法語。

本書特色

特色一

本書為方便入門者學習，在每一句法語的下面，都用中文來標出發音，學習過程特別有趣。萬一碰到不會念的法文，只要對照著念，你就可以和法國侃侃而談了。其中，中文注音是以最常見、筆畫最簡單的國字標示。透過聯想記憶，學習效果絕對倍增，

特色二

網羅觀光、生活全程必備法語單字，前往法國觀光、生活，出、入境與通關，以及當地購物、殺價或是遇上緊急狀況時的必備法語單字，字字實用，絕對派上用場。

Contents

第 2 篇　日常生活

Contents

第 7 篇　動植物及環境

第 8 篇　發生意外

第一篇

數ㄕㄨˋ字ㄗˋ與ㄩˇ時ㄕˊ間ㄐㄧㄢ

數字（一）

中文	法文 & 中文拼音
1	**un / une** 安／魚呢
2	**deux** 嘟子
3	**trois** 土阿
4	**quatre** 咖土
5	**cinq** 三克

中文	法文 & 中文拼音
6	six 席子
7	sept 三特
8	huit 魚特
9	neuf 奴夫
10	dix 低司
11	onze 翁子

中文	法文 & 中文拼音
12	douze 肚子
13	treize 土艾子
14	quatorze 咖刀喝子
15	quinze 敢子
16	seize 三子

coffee

這幾句最好用

- 你好！

Bonjour.
崩啾

- 晚安！

Bonsoir.
崩司瓦喝

- 再見！

Au revoir.
歐 黑瓦喝

2 數字（二）

中文	法文 & 中文拼音
17	dix-sept 低司 - 三特
20	vingt 萬
30	trente 土良特
40	quarante 咖航特
50	cinquante 三咖特

中文	法文 & 中文拼音
60	soixante 司阿薩特
70	soixante-dix 司阿薩特 - 低司
80	quatre-vingt 咖土 - 萬
90	quatre-vingt-dix 咖土 - 萬 - 低司
100	cent 薩
1,000	mille 蜜喝

paris

中文	法文 & 中文拼音
3,000	trois mille 土阿 蜜喝
4,000	quatre mille 咖土 蜜喝
10,000	dix mille 低司 蜜喝
25,000	vingt-cinq mille 萬 - 萬 蜜喝
100,000	cent mille 薩 蜜喝

這幾句最好用

- 您好嗎？

Comment allez-vous?

告芒 阿累 - 吳

- 我很好，謝謝！

Je vais très bien, merci.

日 外 特累 不宴，妹細

- 祝你有美好的一天。

Bonne journée.

崩呢 如喝內

中文	法文 & 中文拼音
今ㄐ天ㄊ	aujourd'hui 歐如喝杜衣
昨ㄗ天ㄊ	hier 艾喝
明ㄇ天ㄊ	demain 得曼
後ㄏ天ㄊ	après-demain 良皮累 - 得曼
早ㄗ上ㄕ	ce matin 司 - 馬坦

中文	法文 & 中文拼音
中午 ㄓㄨㄥ ㄨˇ	midi 蜜低
下午 ㄒㄧㄚˋ ㄨˇ	après-midi 良皮累 - 蜜低
傍晚 ㄅㄤ ㄨㄢˇ	soir 司阿喝
晚上 ㄨㄢˇ ㄕㄤˋ	nuit 扭衣
星期日 ㄒㄧㄥ ㄑㄧˊ ㄖˋ	dimanche 低馬司
星期一 ㄒㄧㄥ ㄑㄧˊ ㄧ	lundi 蘭低

中文	法文 & 中文拼音
星期二	mardi 馬喝低
星期三	mercredi 曼喝克娥低
星期四	jeudi 九低
星期五	vendredi 王的娥低
星期六	samedi 薩母低

這幾句最好用

- 我ㄨㄛˇ叫ㄐㄧㄠˋ保ㄅㄠˇ爾ㄦˇ。

  Je m'appelle Paul.

  日 芒皮累 抱了

- 幸ㄒㄧㄥˋ會ㄏㄨㄟˋ。

  Bonjour.

  崩啾

- 幸ㄒㄧㄥˋ會ㄏㄨㄟˋ，我ㄨㄛˇ叫ㄐㄧㄠˋ保ㄅㄠˇ爾ㄦˇ。

  Bonjour, je m'appelle Paul.

  崩啾，日 芒皮累 抱了

4 日᷂期᷂（二᷂）

MP3-05

中文	法文 & 中文拼音
週᷂末᷂	week-end 味敢 - 呢的
這᷂個᷂星᷂期᷂	cette semaine 三特 司曼呢
上᷂星᷂期᷂	la semaine dernière 拉 司曼呢 的喝呢艾喝
下᷂星᷂期᷂	la semaine prochaine 拉 司曼呢 皮樓三
這᷂個᷂月᷂	ce mois-ci 司 母阿 - 席

中文	法文 & 中文拼音
上_{ㄕㄤ}個_{ㄍㄜ}月_{ㄩㄝ}	le mois dernier 盧 母阿 的喝女愛
下_{ㄒㄧㄚ}個_{ㄍㄜ}月_{ㄩㄝ}	le mois prochain 盧 母阿 皮樓三
今_{ㄐㄧㄣ}年_{ㄋㄧㄢ}	cette année 三特 良內
時_ㄕ間_{ㄐㄧㄢ}	heure 安喝
～ 點_{ㄉㄧㄢ}（ 時_ㄕ間_{ㄐㄧㄢ} ）	heure 安喝
分_{ㄈㄣ}（ 時_ㄕ間_{ㄐㄧㄢ} ）	minute 蜜女特

中文	法文 & 中文拼音
秒 （時間）	seconde 司共的
一點	une heure 魚 安喝
五點	cinq heures 三克 安喝
十三點	treize heures 土艾子 安喝
15 分	un quart d'heure 昂 咖喝 都喝

這幾句最好用

您貴姓？

Comment vous appelez -vous?

告芒 吳 阿皮累 - 吳

我是中國人。

Je suis Chinois.

日 西 席呢瓦

你是法國人嗎？

Êtes-vous français(e)?

艾特 - 吳 夫蘭三（子）

MP3-06

中文	法文 & 中文拼音
春ㄔㄨㄣ天ㄊㄧㄢ	printemps 皮喝當
夏ㄒㄧㄚˋ天ㄊㄧㄢ	été 愛代
秋ㄑㄧㄡ天ㄊㄧㄢ	automne 歐刀呢
冬ㄉㄨㄥ天ㄊㄧㄢ	hiver 衣萬喝
1 月ㄩㄝˋ	janvier 江 喝宴

中文	法文 & 中文拼音
2 月_{ㄩㄝˋ}	**février** 非喝黑宴
3 月_{ㄩㄝˋ}	**mars** 馬喝司
4 月_{ㄩㄝˋ}	**avril** 阿福喝黑子
5 月_{ㄩㄝˋ}	**mai** 曼
6 月_{ㄩㄝˋ}	**juin** 子哇也
7 月_{ㄩㄝˋ}	**juillet** 子一也

中文	法文 & 中文拼音

8 月ㄩㄝˋ
août
屋特

9 月ㄩㄝˋ
septembre
三皮當普喝

10 月ㄩㄝˋ
octobre
歐克刀普喝

11 月ㄩㄝˋ
novembre
鬧王普喝

12 月ㄩㄝˋ
décembre
得薩普喝

這幾句最好用

● 是ㄕ。

Oui.

喂

● 不ㄅㄨ。

Non.

弄

● 沒ㄇㄟˊ錯ㄘㄨㄛˋ。

C'est vrai.

誰 呵累

第二篇

日常生活
ㄖˋ ㄔㄤˊ ㄕㄥ ㄏㄨㄛˊ

生活常用動詞

MP3-07

中文	法文 & 中文拼音

聽 ㄊㄧㄥ

écouter
愛固弟

說 ㄕㄨㄛ

dire
低喝

看 ㄎㄢˋ

regarder
娥嘎喝得

閱讀 ㄩㄝˋ ㄉㄨˊ

Lire
力喝

寫 ㄒㄧㄝˇ

écrire
愛克黑喝

睡覺
dormir
動喝蜜喝

休息
se reposer
司 娥包瑞

起床
se lever
司 盧維

想
penser
巴司

有
avoir
阿福阿喝

笑
rire
黑喝

中文	法文 & 中文拼音
了解	**comprendre** 空波航的喝
說明	**expliquer** 艾克司皮力克
知道	**savoir** 薩福阿喝
打開	**ouvrir** 屋喝黑喝
做	**faire** 吠喝

這幾句最好用

● 謝謝。

> Merci.
>
> 妹細

● 謝謝您。

> Je vous remercie.
>
> 日 吳 喝妹細

● 不客氣。

> Je vous en prie.
>
> 日 吳 阿皮黑爺

中文	法文 & 中文拼音
多ㄉㄨㄛ	beaucoup 包固
少ㄕㄠˇ	peu 泊
重ㄓㄨㄥˋ	lourd 魯喝
輕ㄑㄧㄥ	léger 累瑞
胖ㄆㄤˋ	gros 哥樓

中文	法文 & 中文拼音
瘦_{ㄕ ㄡˋ}	mince 曼司
硬_{ㄧ ㄥˋ}	dur 句喝
軟_{ㄖ ㄨ ㄢˇ}	mou 木
大_{ㄉ ㄚˋ}	grand 哥航
小_{ㄒ ㄧ ㄠˇ}	petit 波梯
好_{ㄏ ㄠˇ}	bon / bien 崩／不艾

中文	法文 & 中文拼音
不_{ㄅㄨˋ}好_{ㄏㄠˇ}	mauvais 貓萬
容_{ㄖㄨㄥˊ}易_{ㄧˋ}	facile 發席喝

這幾句最好用

● 抱ㄅㄠˋ歉ㄑㄧㄢˋ。

> Pardon.
>
> 巴洞

● 對ㄉㄨㄟˋ不ㄅㄨˋ起ㄑㄧˇ。

> Excusez-moi.
>
> 艾克司 Q 思 - 莫爾

● 不ㄅㄨˋ，不ㄅㄨˋ用ㄩㄥˋ了ㄌㄜ。

> Non, merci.
>
> 弄，妹細

中文	法文 & 中文拼音
非常	très 土艾
長	long 牢
有一點	un peu 阿泊
短	court 固喝
不錯	pas mal 巴 馬喝

中文	法文 & 中文拼音
很好	très bien 他喝 皮樣
遠	loin 魯晚
近	près 皮累
了不起	formidable 否喝蜜當不喝
厲害	très fort! 土艾 否喝
很棒	merveilleux 曼喝萬月

中文	法文 & 中文拼音
昂貴	cher 三喝
便宜	pas cher 巴 三喝
強	fort 否喝
弱	faible 吠不兒
忙碌	occupé 歐久杯

這幾句最好用

● 您會說法語嗎？

> Vous parlez français?

> 吳 巴喝累 夫蘭三

● 您會說英語嗎？

> Vous parlez l'anglais?

> 吳 巴喝累 拉哥來

● 是的，會一點。

> Oui, un peu.

> 喂，安 泊

MP3-10

中文	法文 & 中文拼音

鑰匙

clé
克盧

毛毯

couverture
固萬喝句喝

肥皂

savon
薩旺

洗髮精

shampooing
薩皮晚

潤絲精

après-shampooing
良皮累 - 薩皮晚

中文	法文 & 中文拼音
浴帽	bonnet de douche 崩乃 得 肚司
報紙	journal, aux 如那喝，歐
浴巾	serviette de bain 三魯艾特 得 邦
牙膏	dentifrice 當梯夫黑司
牙刷	brosse à dents 不樓司 阿 當
衛生紙	papier hygiénique 巴皮宴 衣子宴尼克

中文	法文 & 中文拼音
打ㄉㄚˇ火ㄏㄨㄛˇ機ㄐㄧ	**briquet** 不黑敢
雨ㄩˇ傘ㄙㄢˇ	**parapluie** 巴航皮流衣
刮ㄍㄨㄚ鬍ㄏㄨˊ刀ㄉㄠ	**rasoir** 航子阿喝
梳ㄕㄨ子ㄗ	**peigne** 拜涅
地ㄉㄧˋ毯ㄊㄢˇ	**moquette** 貓敢特

這幾句最好用

麻煩，給我一杯咖啡。

Un café, s'il vous plaît.

問 咖非 席了 吳 皮來

給我這個。

Je voudrais ceci.

日 吳的累 舒席

我要算帳。

L'addition, s'il vous plaît.

拉低 司用，席了 吳 皮來

MP3-11

中文	法文 & 中文拼音

洗ㄒㄧˇ滌ㄉㄧˊ劑ㄐㄧˋ

lessive
累席喝

剪ㄐㄧㄢˇ刀ㄉㄠ

ciseaux(m.pl)
席中

瓶ㄆㄧㄥˊ子ㄗˇ

bouteille
不坦易

鍋ㄍㄨㄛ子ㄗˇ

marmite
馬喝蜜特

刀ㄉㄠ子ㄗˇ

couteau
固刀

中文	法文 & 中文拼音
叉子（ㄔㄚˋ ㄗˇ）	fourchette 父喝三特
湯匙（ㄊㄤ ㄔˊ）	cuiller 久衣艾喝
客廳（ㄎㄜˋ ㄊㄧㄥ）	salon 薩牢
廚房（ㄔㄨˊ ㄈㄤˊ）	cuisine 久衣茲呢
廁所（ㄘㄜˋ ㄙㄨㄛˇ）	cabinet de toilette 咖比乃 得 特阿來特
陽台（ㄧㄤˊ ㄊㄞˊ）	balcon 班兒空

中文	法文 & 中文拼音
寢室 _{ㄑㄧㄣˇ} 室_{ㄕˋ}	chambre à coucher 薩不喝 阿 固司
浴_{ㄩˋ}室_{ㄕˋ}	salle de bain 薩喝 得 邦
窗_{ㄔㄨㄤ}戶_{ㄏㄨˋ}	fenêtre 非乃土
大_{ㄉㄚˋ}門_{ㄇㄣˊ}	porte 包喝特

50

這幾句最好用

- ## 很好！

  Très bien!

  特累 皮宴

- ## 好極了！

  Parfait!

  巴喝吠喝

- ## 太好了！

  Tant mieux!

  答母月

中文	法文 & 中文拼音
鋼筆	stylo 司特易歐
書	livre 力喝喝
錄音帶	cassette 咖三特
手錶	montre 貓土
袋子	sac 薩克

中文	法文 & 中文拼音
照片 (ㄓㄠˋ ㄆㄧㄢˋ)	photo 否刀
鉛筆 (ㄑㄧㄢ ㄅㄧˇ)	crayon 克累用
沙發 (ㄕㄚ ㄈㄚ)	fauteuil 否都易
書桌 (ㄕㄨ ㄓㄨㄛ)	bureau 比樓
椅子 (ㄧˇ ㄗ)	chaise 三子
浴缸 (ㄩˋ ㄍㄤ)	baignoire 邦涅阿喝

中文	法文 & 中文拼音
桌子	table 當不喝
床	lit 力
插座	prise de courant 皮黑子 得 固航
水龍頭	robinet 後比乃
枕頭	oreiller 歐娥宴

這幾句最好用

● 真ㄓㄣ漂ㄆㄧㄠ亮ㄌㄧㄤ！

C'est chic!

誰 席克

● 美ㄇㄟ極ㄐㄧ了ㄌㄜ！

C'est magnifique!

誰 芒哇吠克

● 她ㄊㄚ真ㄓㄣ漂ㄆㄧㄠ亮ㄌㄧㄤ！

Elle est élégante!

艾了 淚 愛累咖

MP3-13

中文	法文 & 中文拼音
照ㄓㄠˋ 相ㄒㄧㄤ 機ㄐㄧ	**appareil photo** 良巴累易 否刀
掛ㄍㄨㄚˋ 鐘ㄓㄨㄥ	**pendule** 巴肚喝
時ㄕˊ 鐘ㄓㄨㄥ	**horloge** 歐喝牢子
冰ㄅㄧㄥ 箱ㄒㄧㄤ	**réfrigérateur** 娥夫黑月航都喝
電ㄉㄧㄢˋ 話ㄏㄨㄚˋ	**téléphone** 代否呢

中文	法文 & 中文拼音
冷氣機 ㄌㄥˇ ㄑㄧˋ ㄐㄧ	climatiseur 克力馬梯熱喝
電視 ㄉㄧㄢˋ ㄕˋ	télévision 代盧未子用
熨斗 ㄩㄣˋ ㄉㄡˇ	fer à repasser 吠喝 良 娥巴司
音響 ㄧㄣ ㄒㄧㄤˇ	platine 皮拉梯呢
CD 隨身聽 ㄙㄨㄟˊ ㄕㄣ ㄊㄧㄥ	lecteur de disques portable 來克都喝 得 低司克 包喝當不喝
電腦 ㄉㄧㄢˋ ㄋㄠˇ	ordinateur 歐喝低那都喝

中文	法文 & 中文拼音

手機 ⁴ｼ
(téléphone protable
（代盧否呢）皮好當不盧

數位相機 ⁴ｼ
appareil de photo numérique
良巴累易 得 否刀 女妹黑克

錄影機 ⁴ｼ
magnétoscope
馬列刀司高皮

電扇 ㄕ
ventilateur électrique
王梯拉都喝 愛來克土衣克

這幾句最好用

什麼？

Pardon?

巴喝洞

請再說一次。

Pourriez-vous répéter?

布喝爺 - 吳 蛾杯代

請再說慢一點。

Pourriez-vous répéter plus lentement?

布喝爺 - 吳 蛾杯代 皮綠 拉特芒

MP3-14

中文	法文 & 中文拼音
信ㄒㄧㄣˋ封ㄈㄥ	enveloppe 阿福牢皮
姓ㄒㄧㄥˋ	nom 鬧
郵ㄡˊ票ㄆㄧㄠˋ	timbre 談！母伯
掛ㄍㄨㄚˋ號ㄏㄠˋ	recommandé 娥高馬得
印ㄧㄣˋ刷ㄕㄨㄚ品ㄆㄧㄣˇ	imprimé 艾皮黑妹

中文	法文 & 中文拼音
窗口（ㄔㄨㄤ ㄎㄡˇ）	guichet 機三
寄發（ㄐㄧˋ ㄈㄚ），發送（ㄈㄚ ㄙㄨㄥˋ）	expédier 艾克司杯的宴
電報（ㄉㄧㄢˋ ㄅㄠˋ）	télégramme 代盧哥航母
收據（ㄕㄡ ㄐㄩˋ）	récépissé 娥司必司
支付（ㄓ ㄈㄨˋ）	payer 杯宴
明信片（ㄇㄧㄥˊ ㄒㄧㄣˋ ㄆㄧㄢˋ）	carte postale 咖喝特 包司達喝

進入 ㄐㄧㄣˋ ㄖㄨˋ

> entrer
>
> 良土愛

忘記 ㄨㄤˋ ㄐㄧˋ

> oublier
>
> 屋不力宴

寄件人 ㄐㄧˋ ㄐㄧㄢˋ ㄖㄣˊ

> expéditeur, trice
>
> 艾克司杯低都喝，土衣司

稱…重量 ㄔㄥ ㄓㄨㄥˋ ㄌㄧㄤˋ

> peser
>
> 杯瑞

這幾句最好用

● 那是什麼意思？

> Qu'est-ce que ça veut dire?

給-書 戈 薩 古特 低喝

● 可以幫我寫那個單字嗎？

> Pourriez-vous écrire ce mot?

布喝爺-吳 愛克黑喝 書 夢

● 這要怎麼發音呢？

> Comment ça se prononce?

告芒薩 書 皮好弄舒

MP3-15

中文	法文 & 中文拼音
銀ㄧㄣˊ行ㄏㄤˊ	**banque** 班克
帳ㄓㄤˋ戶ㄏㄨˋ	**compte** 空特
活ㄏㄨㄛˊ期ㄑㄧˊ存ㄘㄨㄣˊ款ㄎㄨㄢˇ	**dépôt** 得包
定ㄉㄧㄥˋ期ㄑㄧˊ存ㄘㄨㄣˊ款ㄎㄨㄢˇ	**dépôt à terme** 得包 良 坦喝母
存ㄘㄨㄣˊ放ㄈㄤˋ	**déposer** 得包瑞

中文	法文 & 中文拼音
錢 ㄑㄧㄢˊ	argent 阿喝江
比ㄅㄧˇ率ㄌㄩˋ	taux 刀
利ㄌㄧˋ息ㄒㄧˊ	intérêt 艾代累
支ㄓ票ㄆㄧㄠˋ	chèque 三克
現ㄒㄧㄢˋ款ㄎㄨㄢˇ	liquide 力給的
美ㄇㄟˇ元ㄩㄢˊ	dollar américain 動拉喝 良妹黑敢

中文	法文 & 中文拼音
兌換	changer 薩瑞
存摺	livret de dépôt 力喝累 的 得包
保管， 保存	garder 嘎喝得
通知	prévenir 皮累喝尼喝
零錢	monnaie 貓乃

這幾句最好用

● 多少錢？

C'est combien?

誰 告不宴

● 這個法語怎麼說？

Comment dit-on cela en français?

告范低 - 歐 舒拉阿夫蘭三

● 要什麼顏色呢？

Quelle couleur voulez-vous?

丐了 克屋了巫喝 吳累 - 吳

打ㄉㄚˇ電ㄉㄧㄢˋ話ㄏㄨㄚˋ

中文	法文 & 中文拼音

喂ㄨㄟˊ！

allô!
良牢

電ㄉㄧㄢˋ話ㄏㄨㄚˋ機ㄐㄧ

téléphone
代盧否呢

電ㄉㄧㄢˋ話ㄏㄨㄚˋ線ㄒㄧㄢˋ

téléphonique
代盧否尼克

忙ㄇㄤˊ線ㄒㄧㄢˋ

occupé
歐久杯

留ㄌㄧㄡˊ言ㄧㄢˊ

message
妹薩子

中文	法文 & 中文拼音

留_{ㄌㄧㄡˊ}下_{ㄒㄧㄚˋ}

laisser
累司

打_{ㄉㄚˇ}電_{ㄉㄧㄢˋ}話_{ㄏㄨㄚˋ}給_{ㄍㄟˇ}某_{ㄇㄡˇ}人_{ㄖㄣˊ}

appeler
阿皮盧

我_{ㄨㄛˇ}聽_{ㄊㄧㄥ}見_{ㄐㄧㄢˋ}

j'entends
江阿當的

你_{ㄋㄧˇ}知_ㄓ道_{ㄉㄠˋ}

tu sais
句 三

尋_{ㄒㄩㄣˊ}找_{ㄓㄠˇ}

chercher
三喝司

我_{ㄨㄛˇ}想_{ㄒㄧㄤˇ}要_{ㄧㄠ}

je voudrais
日 吾的累

中文	法文 & 中文拼音
請_{ㄑㄧㄥˇ}稍_{ㄕㄠ}等_{ㄉㄥˇ}	Ne quittez pas! 呢 給代 巴
轉_{ㄓㄨㄢˇ}告_{ㄍㄠˋ}	dites-lui 低司 流衣
沒_{ㄇㄟˊ}有_{ㄧㄡˇ}問_{ㄨㄣˋ}題_{ㄊㄧˊ}	entendu 阿當句
方_{ㄈㄤ}面_{ㄇㄧㄢˋ}	côté 高代
自_{ㄗˋ}己_{ㄐㄧˇ}	soi-même 司阿 - 曼母

這幾句最好用

● 要走哪一條路呢？

Quelle rue doit-on prendre?

丐了 魯 的瓦 - 歐皮蘭的喝

● 最近的地鐵車站在哪裡？

Où est la station de métro la plus proche?

屋 淚 拉 司答司用得 累妹特好 拉 皮綠 皮好司

● 這是什麼起司？

Quel est le nom de ce fromage?

丐了 淚 魯 弄 得 書 夫好芒子

11 法國名人與人名

MP3-17

中文	法文 & 中文拼音
畢卡索	Pablo Picasso 保羅 畢卡索
梵谷	Vincent Van Gogh 凡王 梵谷
沙特	Jean Paul Sarte 江 保爾 沙特
高行健	Gau Xingjian 高行健
紀德	André Gide 昂的娥 紀德

中文	法文 & 中文拼音

| 賽尚 | Paul Cézanne
保爾 賽尚 |

| 卡繆 | Albert Camus
亞伯喝 咖謬 |

| 普魯斯特 | Marcel Proust
馬卻 普魯斯特 |

| 波特萊爾 | Charles Baudelaire
薩喝兒 波特萊爾 |

| 莫里哀 | Molière
莫里哀 |

| 西蒙波娃 | Simone de Beauvoir
西蒙波 得 波波娃 |

中文	法文 & 中文拼音

韓波 ㄏㄢˊ ㄅㄛ

Arthur Rimbaud
阿喝肚 汗布

西蒙娜 ㄒㄧ ㄇㄥˊ ㄋㄚˋ

Georges Siménon
中喝子 西蒙農

迪皮伊 ㄉㄧˊ ㄆㄧˊ ㄧ–

Dupuis
迪布伊

加斯東 ㄐㄧㄚ ㄙ ㄉㄨㄥ

Léonard de Vinci
累歐娜 都 瓦西喝

柯萊特 ㄎㄜ ㄌㄞˊ ㄊㄜˋ

Colette
柯萊特

這幾句最好用

● 廁ㄘㄜˋ所ㄙㄨㄛˇ在ㄗㄞˋ哪ㄋㄚˇ裡ㄌㄧˇ？

Où sont les toilettes?

屋 少 累 特瓦來特

● 什ㄕㄜˊ麼ㄇㄜ˙時ㄕˊ候ㄏㄡˋ出ㄔㄨ發ㄈㄚ？

Quand partez-vous?

咖巴喝弟喝 - 吳

● 〔電ㄉㄧㄢˋ話ㄏㄨㄚˋ〕喂ㄨㄟˋ，您ㄋㄧㄣˊ哪ㄋㄚˇ位ㄨㄟˋ？

Qui est à l'appareil?

給 淚 阿 拉巴累易

第三篇

人物

中文	法文 & 中文拼音

我

je
日

你

tu / vous
勾／吾

他

il
易喝

她

elle
艾喝

父親

père
拜喝

中文	法文 & 中文拼音
母ㄇㄨˇ親ㄑㄧㄣ	mère 曼喝
兒ㄦˊ子ㄗˇ	fils 吠司
女ㄋㄩˇ兒ㄦˊ	fille 吠易
兄ㄒㄩㄥ弟ㄉㄧˋ	frère 夫累喝
姊ㄗˇ妹ㄇㄟˋ	soeur 司喝
哥ㄍㄜ哥ㄍㄜ	frère aîné 夫累喝 愛內

第三篇

人物

79

弟ㄉㄧˋ弟ㄉㄧ

frère cadet

夫累喝 咖的

姊ㄐㄧㄝˇ姊ㄐㄧㄝ

soeur aînée

司喝 愛內

妹ㄇㄟˋ妹ㄇㄟ

soeur cadette

司喝 咖的特

祖ㄗㄨˇ父ㄈㄨˋ

grand-père

哥航 - 拜喝

祖ㄗㄨˇ母ㄇㄨˇ

grand-mère

哥航 - 曼喝

這幾句最好用

● 可以⊃。

Oui.

喂

● 行⊤。

ça va.

薩 瓦

● 好的。

Bon.

崩

中文	法文 & 中文拼音

男朋友

petit ami
波梯 阿蜜

女朋友

petite ami
波梯 阿蜜

丈夫

mari
馬黑

妻子

femme
發母

夫妻

couple
固皮喝

中文	法文 & 中文拼音
家族	famille 發蜜易
成人	adulte 阿句樂
孩子	enfant 阿奉
外國人	étranger 愛土良瑞
女性	femme 發母
男性	homme 歐母

中文	法文 & 中文拼音
朋友 ㄆㄥˊㄧㄡˇ	ami 阿蜜
客人 ㄎㄜˋㄖㄣˊ	client 克力羊
親戚 ㄑㄧㄣ ㄑㄧ	parent 巴航
年齡 ㄋㄧㄢˊㄌㄧㄥˊ	âge 阿子
姓名 ㄒㄧㄥˋㄇㄧㄥˊ	nom et prénom 弄 愛 皮娥鬧

這幾句最好用

● 不行。

ça ne va pas.

薩 呢 瓦 巴

● 不可以。

Non,pas d'accord.

鬧,巴 大告喝

● 不可能。

Ce n'est pas possible.

書 乃司特 巴 抱席不了

中文	法文 & 中文拼音
頭	tête 坦特
臉	visage 未江子
眼睛	oeil 惡易
鼻子	nez 內
嘴唇	lèvres 來喝喝

中文	法文 & 中文拼音
耳朵	oreille 歐累易
牙齒	dents 當
嘴巴	bouche 不司
脖子	cou 固
腳	pied 皮宴
乳房	sein 三

腹部 (ㄈㄨˋ ㄅㄨˋ)

ventre
王土

肩膀 (ㄐㄧㄢ ㄅㄤˇ)

épaule
愛包喝

腰部 (ㄧㄠ ㄅㄨˋ)

rein
喝汗

手 (ㄕㄡˇ)

main
曼

手指 (ㄕㄡˇ ㄓˇ)

doigt
讀阿

- 這是我的名片。

  Voici ma carte de visite.

  呵瓦席 芒 咖喝特 得 未茲特

- 這是我的家。

  Voilà ma maison.

  呵瓦拉 芒 麥中

- 我住在首都。

  J'habite dans la capitale.

  押比代 大拉 咖必答了

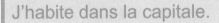

4 職業的說法

MP3-21

中文	法文 & 中文拼音
職業	Profession 波樓吠司用
公司職員	employé 阿波子阿宴
自營業者	commerçant 高曼喝薩
主婦	maîtresse de maison 曼土艾司 得 曼中
教師	professeur 波樓吠司巫喝

中文	法文 & 中文拼音
學ㄒㄩㄝˊ生ㄕㄥ	étudiant 愛句的羊
警ㄐㄧㄥˇ察ㄔㄚˊ	police 包力司
醫ㄧ生ㄕㄥ	médecin 曼的三
男ㄋㄢˊ服ㄈㄨˊ務ㄨˋ生ㄕㄥ	serveuse 三喝巫喝
女ㄋㄩˇ服ㄈㄨˊ務ㄨˋ生ㄕㄥ	serveuse 三喝否子
工ㄍㄨㄥ程ㄔㄥˊ師ㄕ	ingénieur 艾瑞女巫喝

中文	法文 & 中文拼音
銀行員	employé de banque 阿皮子阿宴 得 班克
農夫	agriculteur 阿哥黑久子都喝
店長	gérant 瑞航
教授	professeur 波樓吠色喝
無職	sans profession 薩 波樓吠色喝

這幾句最好用

- 他(ㄊㄚ)是(ㄕ)誰(ㄕㄟˊ)？

  Qui est-ce?

  給 淚 - 書

- 她(ㄊㄚ)是(ㄕ)誰(ㄕㄟˊ)？

  Qui est-elle?

  給 淚 - 艾了

- 他(ㄊㄚ)們(ㄇㄣˊ)是(ㄕ)我(ㄨㄛˇ)的(ㄉㄜ˙)朋(ㄆㄥˊ)友(ㄧㄡˇ)。

  Ce sont mes amis.

  書 送特 妹 阿蜜

5

感情的表現

MP3-22

中文	法文 & 中文拼音

高興

Je suis content(e)
日 司衣 空當

悲傷

être triste
艾土 土衣司特

生氣

être fâchéce(e)
艾土 發賽

可怕

avoir peur
阿福阿喝 仆喝

驚訝

être étonné(e)
艾土 愛刀內

中文	法文 & 中文拼音
極ㄐㄧ美ㄇㄟˇ、 極ㄐㄧ優ㄧㄡ秀ㄒㄧㄡ	superbe 序拜喝不
惡ㄜˋ劣ㄌㄧㄝˋ	grave 哥航喝
喜ㄒㄧˇ歡ㄏㄨㄢ	aimer 愛妹
討ㄊㄠˇ厭ㄧㄢˋ	détester 得坦司代
疲ㄆㄧˊ倦ㄐㄩㄢˋ	être fatigué(e) 艾土 發梯給
肚ㄉㄨˋ子ㄗˇ餓ㄜˋ	J'ai faim 瑞 吠

中文	法文 & 中文拼音
口渴	J'ai soif 瑞 司阿夫
傷腦筋	être embarassé 艾土 責巴喝塞
想要	je veux（名詞） 瑞 夫
（天氣）溫暖	chaud 受
寒冷	froid 夫喝阿

這幾句最好用

● 這位是我的朋友。

> Voici mon ami.

呵瓦席 夢阿蜜

● 這位是我的同事。

> C'est mon collègue.

誰 夢告來哥

● 這位是我太太。

> C'est ma femme.

誰 芒 發母

6

國家名

MP3-23

中文	法文 & 中文拼音
中國	Chine 席呢
美國	Etats-Unis 愛當 - 由衣司
日本	Japon 江包恩
韓國	Corée 高娥
義大利	Italie 衣當力

中文	法文 & 中文拼音
法ㄈㄚˇ國ㄍㄨㄛˊ	France 夫航司
西ㄒㄧ班ㄅㄢ牙ㄧㄚˊ	Espagne 艾司巴涅
墨ㄇㄛˋ西ㄒㄧ哥ㄍㄜ	Mexique 曼克席克
德ㄉㄜˊ國ㄍㄨㄛˊ	Allemagne 阿兒馬涅
英ㄧㄥ格ㄍㄜˊ蘭ㄌㄢˊ	Angleterre 良哥盧坦喝
葡ㄆㄨˊ萄ㄊㄠˊ牙ㄧㄚˊ	Portugal 包喝句嘎子

中文	法文 & 中文拼音
巴西（ㄅㄚˋㄒㄧ）	Brésil 不娥子易
南非（ㄋㄢˊㄈㄟ）	Afrique du Sud 良夫黑克 得 序的
蘇聯（ㄙㄨㄌㄧㄢˊ）	Russie 魯席
土耳其（ㄊㄨˇㄦˇㄑㄧˊ）	Turquie 句喝給
波蘭（ㄅㄛㄌㄢˊ）	Pologne 包牢涅

這幾句最好用

● 我ㄨㄛˇ不ㄅㄨˋ知ㄓ道ㄉㄠˋ。

> Je ne sais pas.
>
> 日 呢 賽 巴

● 我ㄨㄛˇ知ㄓ道ㄉㄠˋ了ㄌㄜ˙。

> J' ai compris.
>
> 押衣 告皮黑

● 你ㄋㄧˇ沒ㄇㄟˊ關ㄍㄨㄢ係ㄒㄧˋ嗎ㄇㄚ˙？

> Vous allez bien?
>
> 吳 阿累 不宴

第四篇

飲食

中文	法文 & 中文拼音
早餐	petit-déjeuner 波梯 - 得子巫內
中餐	déjeuner 得子巫內
點心	repas léger 喝巴 - 盧月
晚餐	dîner 低內
肚子餓	avoir faim 良喝阿喝 - 吠

中文	法文 & 中文拼音
咖_{ㄎㄚ}啡_{ㄈㄟ}館_{ㄍㄨㄢ}	cafeteria 克非代喝呀
麵_{ㄇㄧㄢ}包_{ㄅㄠ}	pain 胖
火_{ㄏㄨㄛ}腿_{ㄊㄨㄟ}	jambon 江崩
荷_{ㄏㄜ}包_{ㄅㄠ}蛋_{ㄉㄢ}	œuf sur le plat 巫夫 序喝 盧 波拉
半_{ㄅㄢ}熟_{ㄕㄡ}煮_{ㄓㄨ}蛋_{ㄉㄢ}	œuf à la coque 巫夫 阿 拉 高克
培_{ㄆㄟ}根_{ㄍㄣ}	lardon 拉喝動

培ㄆㄟˊ根ㄍㄣ蛋ㄉㄢˋ

sur le plat avec lardon

序喝 盧 波拉 良萬克 拉喝動

麵ㄇㄧㄢˋ條ㄊㄧㄠˊ

des nouilles

的 呢屋易

蛋ㄉㄢˋ

œuf

惡夫

熱ㄖㄜˋ狗ㄍㄡˇ

hot-dog

歐特 - 豆哥

這幾句最好用

● 今天天氣如何？

> Quel temps fait-il aujourd'hui?
>
> 丐了 動吠 - 易 歐如喝的哇

● 今天天氣很好。

> Il fait très beau aujourd'hui.
>
> 易 吠 特累 本 歐如喝的哇

● 現在很冷。

> Il fait assez froid maintenant.
>
> 易 吠 阿舒 夫喝瓦 麥特那

2 進餐（二）

MP3-25

中文	法文 & 中文拼音

雞肉

poulet

波屋來

豬肉

porc

包喝

牛肉

bœuf

不巫夫

魚

poisson

皮阿受

螃蟹

crabe

克航不

中文	法文 & 中文拼音
牡ㄇㄨˇ蠣ㄌㄧˋ	huître 哇衣土
蝦ㄒㄧㄚ	homard 歐馬喝
鮭ㄍㄨㄟ魚ㄩˊ	saumon 受貓
鰻ㄇㄢˊ魚ㄩˊ	anguille 阿哥衣易
沙ㄕㄚ丁ㄉㄧㄥ魚ㄩˊ	sardine 薩喝低呢
鯛ㄉㄧㄠ魚ㄩˊ	daurade 動喝的

中文	法文 & 中文拼音
干貝	coquille Saint-Jacques 高給易 三 - 江克
海膽	oursin 屋喝三
鱸魚	bar 巴喝
青蛙	grenouille 哥娥呢屋易
小蝦	crevette 克娥萬特

● 皮ㄆㄧ隆ㄌㄨㄥ先ㄒㄧㄢ生ㄕㄥ在ㄗㄞ嗎ㄇㄚ？　（打ㄉㄚ電ㄉㄧㄢ話ㄏㄨㄚ）

Est-ce que je peux parler à M.Pilon.?

涙-書 戈 日 泊 巴 喝 累 阿 妹 司月 必龍

● 在ㄗㄞ，請ㄑㄧㄥ稍ㄕㄠ等ㄉㄥ。　（打ㄉㄚ電ㄉㄧㄢ話ㄏㄨㄚ）

Oui,un instant s'il vous plaît.

喂,安 艾司答 席了 吳 波來

● 喂ㄨㄟ,是ㄕ皮ㄆㄧ隆ㄌㄨㄥ先ㄒㄧㄢ生ㄕㄥ嗎ㄇㄚ？（打ㄉㄚ電ㄉㄧㄢ話ㄏㄨㄚ）

Allô,C'est M.Pilon?

阿漏 誰 妹司月 必龍

MP3-26

中文	法文 & 中文拼音
啤ㄆㄧˊ酒ㄐㄧㄡˇ	bière 皮艾喝
生ㄕㄥ啤ㄆㄧˊ酒ㄐㄧㄡˇ	demi 得蜜
白ㄅㄞˊ葡ㄆㄨˊ萄ㄊㄠˊ酒ㄐㄧㄡˇ	vin blanc 萬 - 不拉龍
紅ㄏㄨㄥˊ葡ㄆㄨˊ萄ㄊㄠˊ酒ㄐㄧㄡˇ	vin rouge 萬 - 後司
威ㄨㄟ士ㄕˋ忌ㄐㄧˋ	whisky 味司給

中文	法文 & 中文拼音
雞尾酒	cocktail 高克坦
酒	alcool 良子高子
飯前酒	apéritif 阿杯黑梯夫
礦泉水	eau minérale 歐 蜜內航喝
茶	thé 代
咖啡	café 咖非

中文	法文 & 中文拼音
水ㄕㄨㄟˇ	eau 歐
橘ㄐㄩˊ子ㄗˇ汁ㄓ	jus d'orange 銳 動航瑞
蕃ㄈㄢ茄ㄑㄧㄝˊ汁ㄓ	jus de tomate 銳 得 刀馬特
可ㄎㄜˇ可ㄎㄜˇ亞ㄧㄚˋ	chocolat 受高拉
牛ㄋㄧㄡˊ奶ㄋㄞˇ	lait 累

這幾句最好用

● 我要到里昂。

Je veux aller à Lyon.

日古 阿累 阿 里用

● 我要啤酒。

Je veux de la bière.

日古 得 拉 逼宴喝

● 可以給我這個嗎？

Pouvez-vous me donner ceci?

布呵瓦 - 吳 母 動內 舒席

MP3-27

中文	法文 & 中文拼音
水ㄕㄨㄟˇ果ㄍㄨㄛˇ	**fruits** 夫流衣
葡ㄆㄨˊ萄ㄊㄠˊ	**raisin** 累這
李ㄌㄧˇ子ㄗ	**prune** 波喝由
梨ㄌㄧˊ子ㄗ	**poire** 波阿喝
杏ㄒㄧㄥˋ子ㄗ	**abricot** 阿不黑高

中文	法文 & 中文拼音
櫻桃	cerise 司黑子
草莓	fraise 夫黑子
檸檬	citron 席土歐
蘋果	pomme 包母
無花果	figue 吠哥
哈密瓜	melon 妹牢

柳ㄌ一ㄡˇ丁ㄉ一ㄥ

orange
歐航子

栗ㄌ一ˋ子˙ア

marron
馬紅

桃ㄊㄠˊ子˙ア

pêche
拜司

小ㄒ一ㄠˇ黃ㄏㄨㄤˊ瓜ㄍㄨㄚ

concombre
高高不喝

這幾句最好用

● 我想試試這件毛衣。

> J'aimer ais essayer ce pull-over.

爺妹 艾子 愛舒爺 書 布漏 - 為喝

● 您穿幾號鞋？

> Quelle est votre pointure?

丐了 淚 翁土 波曼句喝

● 一共多少錢？

> Combien ça fait en tout?

告不宴 薩 吠 阿杜

中文	法文 & 中文拼音

磨ㄇㄛˊ菇ㄍㄨ

champignon
薩必涅歐

茄ㄑㄧㄝˊ子ㄗ

aubergine
歐邦喝茲呢

高ㄍㄠ麗ㄌㄧˋ菜ㄘㄞˋ

chou
書

芹ㄑㄧㄣˊ菜ㄘㄞˋ

céleri
三了黑

玉ㄩˋ蜀ㄕㄨˇ黍ㄕㄨˇ

maïs
馬衣司

中文	法文 & 中文拼音
青椒 (ㄑㄧㄥ ㄐㄧㄠ)	poivron 波阿喝樓
馬鈴薯 (ㄇㄚˇ ㄌㄧㄥˊ ㄕㄨˇ)	pomme de terre 包母 得 坦喝
洋蔥 (ㄧㄤˊ ㄘㄨㄥ)	oignon 歐涅歐
茴芹 (ㄏㄨㄟˊ ㄑㄧㄣˊ)	anis 阿尼司
菠菜 (ㄅㄛ ㄘㄞˋ)	épinard 愛必那喝
蘆筍 (ㄌㄨˊ ㄙㄨㄣˇ)	asperge 阿司拜喝子

中文	法文 & 中文拼音
紅_{ㄏㄨㄥ}蘿_{ㄌㄨㄛ}蔔_{ㄅㄛ}	carotte 咖樓特
小_{ㄒㄧㄠ}蘿_{ㄌㄨㄛ}蔔_{ㄅㄛ}	radis 航低
荷_{ㄏㄜ}蘭_{ㄌㄢ}芹_{ㄑㄧㄣ}	persil frisé 拜喝席 夫黑瑞
金_{ㄐㄧㄣ}瓜_{ㄍㄨㄚ}	potiron 包梯紅
蕃_{ㄈㄢ}茄_{ㄑㄧㄝ}	tomate 刀馬特

- 這是什麼？

  Qu'est-ce que C'est?

  給 - 書 戈 誰

- 那是什麼？

  Qu'est-ce que C'est que cela?

  給 - 書 戈 誰 戈 舒拉

- 誰的襯衫？

  A qui est cette chemise?

  阿 給 耶 賽特 書蜜子

甜點與調味料

MP3-29

中文	法文 & 中文拼音
點心	desserts 得三喝
起司	fromage 夫樓馬子
蛋糕	gâteau 嘎刀
慕思	mousse 木司
布丁	flan 夫拉

果_{ㄍㄨㄛˇ}凍_{ㄉㄨㄥˋ}

gelée

日盧

冰_{ㄅㄥ}淇_{ㄑㄧˊ}淋_{ㄌㄧㄣˊ}

glace

哥拉司

巧_{ㄑㄧㄠˇ}克_{ㄎㄜˋ}力_{ㄌㄧˋ}

chocolat

受高拉

鹽_{ㄧㄢˊ}

sel

三子

醬_{ㄐㄧㄤˋ}油_{ㄧㄡˊ}

sauce de soja

受司 得 受甲

砂_{ㄕㄚ}糖_{ㄊㄤˊ}

sucre

受哥喝

油	**huile** 哇易
胡椒	**poivre** 波阿喝喝
醋	**vinaigre** 未乃哥喝
生薑	**gingembre** 這江不喝
蒜頭	**ail** 阿易

這幾句最好用

● 怎ㄗㄣˇ麼ㄇㄜ˙了ㄌㄜ˙？

Qu'est-ce qu'il y a?

給 - 書 固 易 衣 阿

● 什ㄕㄣˊ麼ㄇㄜ˙意ㄧˋ思ㄙ˙？

Qu'y a-t-il donc?

給 阿 - 代 - 易 洞克

● 那ㄋㄚˋ又ㄧㄡˋ怎ㄗㄣˇ麼ㄇㄜ˙了ㄌㄜ˙？

Et après?

愛 阿波累

第五篇

衣-服ㄈㄟˊ、 飾ㄕˋ品ㄆㄧㄣˇ

MP3-30

中文	法文 & 中文拼音

衣-服 ㄈㄨˊ

vêtement
萬特馬

裙ㄑㄩㄣˊ子ㄗ˙

jupe
銳皮

褲ㄎㄨˋ子ㄗ˙

pantalon
巴當牢

女ㄋㄩˇ用ㄩㄥˋ襯ㄔㄣˋ衫ㄕㄢ（工ㄍㄨㄥ作ㄗㄨㄛˋ服ㄈㄨˊ）

blouse
不魯子

外ㄨㄞˋ套ㄊㄠˋ

veste
萬司特

大衣
ㄉㄚ ㄧ

manteau
馬刀

泳裝
ㄩㄥˇ ㄓㄨㄤ

maillot de bain
馬用 得 邦

內衣
ㄋㄟˋ ㄧ

lingerie
來子黑

套裝
ㄊㄠˋ ㄓㄨㄤ

suite
司衣特

西裝
ㄒㄧ ㄓㄨㄤ

complet-veston
高皮來 - 萬司刀

襯衫
ㄔㄣˋ ㄕㄢ

chemise
司蜜子

中文	法文 & 中文拼音
毛ㄇㄠˊ衣ㄧ	chandail 薩當易
緊ㄐㄧㄣˇ的ㄉㄜ˙	serré(e) 三娥
寬ㄎㄨㄢ鬆ㄙㄨㄥ的ㄉㄜ˙	large 拉喝子
尺ㄔˇ寸ㄘㄨㄣ	taille 當易

這幾句最好用

● 公車站牌在哪裡？

Où est l'arrêt d'autobus?

屋 淚 拉累 動刀比司

● 〔衣服送洗等〕什麼時候好呢？

Quand sera-t-il prêt?

咖舒蘭 - 代 - 易 皮累

● 〔洗照片等〕什麼時候好呢？

Quand pourrai-je le reprendre?

咖 布呵瓦 - 日累 蛾波蘭的喝

2 飾ㄕˋ品ㄆㄧㄣˇ

MP3-31

中文	法文 & 中文拼音

裝ㄓㄨㄤ飾ㄕˋ品ㄆㄧㄣˇ

parure
巴魯喝

寶ㄅㄠˇ石ㄕˊ

bijou
比如

毛ㄇㄠˊ皮ㄆㄧˊ

fourrure
父魯喝

皮ㄆㄧˊ包ㄅㄠ

sac
薩克

鞋ㄒㄧㄝˊ子ㄗˇ

chaussure(s)
受序喝

皮帶 タ一ˊ ㄅㄞˋ

> ceinture
>
> 三句喝

絲襪 ㄙ ㄨㄚˋ

> bas
>
> 班

襪子 ㄨㄚˋ ㄗˇ

> chaussette(s)
>
> 受三特

眼鏡 一ㄢˇ ㄐ一ㄥˋ

> lunettes(f.pl)
>
> 子由艾特

帽子 ㄇㄠˋ ㄗˇ

> chapeau
>
> 薩包

手套 ㄕㄡˇ ㄊㄠˋ

> gants
>
> 嘎

中文	法文 & 中文拼音
領帶	cravate 克航瓦特
項鍊	collier 高里宴
絲巾	écharpe 愛薩喝波
戒指	bague 班哥
香水	parfum 巴喝芳

這幾句最好用

現在幾點鐘？

> Quelle heure est-il?
>
> 丐累 巫喝 淚 - 易

四點鐘。

> Il est quatre heures.
>
> 易 淚 咖特 枯喝

三點十分。

> Il est trois heures dix.
>
> 易 淚 土瓦 巫喝 低司

3 質料、顏色

MP3-32

中文	法文 & 中文拼音
羊毛	laine 來呢
棉	coton 高刀
絹	soie 司阿
麻	lin 來
皮革	cuir 久衣喝

中文	法文 & 中文拼音
尼龍	nylon 呢昜龍
昂貴	cher(chère) 三喝
便宜	pas cher(chère) 巴 三喝
白色	blanc 不龍
黑色	noir 呢阿喝
紅色	rouge 魯子

中文	法文 & 中文拼音
藍色	bleu 不魯
粉紅色	rose 後子
橘色	orange 歐航子
茶色	brun 不航
藏青色	bleu marine 不魯 馬黑呢

這幾句最好用

● 今天幾號？

> Quelle est la date d' aujourd'hui?
>
> 丏了 淚 拉 大特 動如喝的哇

● 今天星期幾？

> Et quel jour sommes-nous?
>
> 愛 丏了 如喝少母 - 奴

● 今天是星期一。

> Aujourd'hui,nous sommes lundi.
>
> 歐如喝的哇 奴 少母 了低

中文	法文 & 中文拼音
水ㄕㄨㄟ果ㄍㄨㄛ店ㄉㄧㄢ	magasin de fruits 馬嘎這 得 夫流衣
唱ㄔㄤ片ㄆㄧㄢ行ㄏㄤ	disquaire 低司敢喝
書ㄕㄨ店ㄉㄧㄢ	librairie 力不娥黑
菜ㄘㄞ販ㄈㄢ	marchand de légumes 馬喝薩 得 盧固母
花ㄏㄨㄚ店ㄉㄧㄢ	fleuriste 夫樂黑司特

中文	法文 & 中文拼音
理ㄌㄧˇ髮ㄈㄚˇ店ㄉㄧㄢˋ	salon de coiffure 薩牢 得 克阿夫魚喝
洗ㄒㄧˇ衣ㄧ店ㄉㄧㄢˋ	laverie 拉喝黑
免ㄇㄧㄢˇ稅ㄕㄨㄟˋ店ㄉㄧㄢˋ	magasin hors-taxe 馬嘎這 歐喝 當克瑞
麵ㄇㄧㄢˋ包ㄅㄠ店ㄉㄧㄢˋ	boulangerie 不拉子黑
電ㄉㄧㄢˋ器ㄑㄧˋ行ㄏㄤˊ	magasin d'électroménager 馬嘎這 得 愛來克土歐妹那月
眼ㄧㄢˇ鏡ㄐㄧㄥˋ行ㄏㄤˊ	opticien 歐皮梯司艾

中文	法文 & 中文拼音
玩具店	**magasin de jouets** 馬嘎這 得 子晚
文具店	**papeterie** 巴杯土衣
服裝店	**couturier** 固句喝宴
美容院	**salon de beauté** 薩牢 得 包代

這幾句最好用

● 今天晚上您有空嗎？

> **Vous êtes libre ce soir?**
>
> 吳 艾土 力不喝 書 司瓦喝

● 非常樂意。

> **Avec plaisir.**
>
> 阿外克 皮累茲喝

● 祝您生日快樂！

> **Bon anniversaire.**
>
> 崩阿尼外喝賽喝

第六篇

娛ㄩˊ樂ㄌㄜˋ

1 漫步街頭（一）

MP3-34

中文	法文 & 中文拼音
銀行	banque 班克
學校	école 愛高子
公園	parc 巴喝克
飯店	hôtel 歐坦子
郵局	poste 包司特

醫院 (ㄧ ㄩㄢˋ)

hôpital

歐必他子

公共電話 (ㄍㄨㄥ ㄍㄨㄥˋ ㄉㄧㄢˋ ㄏㄨㄚˋ)

cabine téléphonique

咖比呢 代盧否尼克

咖啡店 (ㄎㄚ ㄈㄟ ㄉㄧㄢˋ)

Café

咖非

餐廳 (ㄘㄢ ㄊㄧㄥ)

restaurant

黑司刀航

超市 (ㄔㄠ ㄕˋ)

supermarché

序拜喝馬喝司

車站 (ㄔㄜ ㄓㄢˋ)

station

司他司用

中文	法文 & 中文拼音
網路咖啡店	Internet Café 艾坦喝呢 咖非
廁所	toilettes 特阿來特
停車場	parking 巴喝給呢
糕點店	patisserie 巴梯司黑
廣場	place 皮拉司

這幾句最好用

● 計程車招呼站在哪裡？

> Où est la station des taxis?

屋 淚 拉 司答司用低 答克席

● 請右轉。

> Prenez à droite.

波蛾內 阿 的喝瓦特

● 請停這裡。

> Arrêtez-vous ici,s'il vous plaît.

阿蛾代 - 吳 衣席 席了 吳 皮來

2

漫ㄇㄢˋ步ㄅㄨˋ街ㄐㄧㄝ頭ㄊㄡˊ （二ㄦˋ）

MP3-35

中文	法文 & 中文拼音
城ㄔㄥˊ鎮ㄓㄣˋ	ville 飛了
道ㄉㄠˋ路ㄌㄨˋ	route 喝特
河ㄏㄜˊ川ㄔㄨㄢ	fleuve 夫樂喝
橋ㄑㄧㄠˊ	pont 碰
高ㄍㄠ塔ㄊㄚ	tour 肚喝

宮殿ㄍㄨㄥ ㄉㄧㄢ	palais 巴累
城堡ㄔㄥ ㄅㄠ	château 薩刀
寺廟ㄙ ㄇㄧㄠ	temple 當皮子
教會ㄐㄧㄠ ㄏㄨㄟ	Eglise 愛哥力子
動物園ㄉㄨㄥ ㄨ ㄩㄢ	zoo 中
水族館ㄕㄨㄟ ㄗㄨ ㄍㄨㄢ	aquarium 阿克阿喝用母

中文	法文 & 中文拼音
山 ㄕㄢ	montagne 貓當涅
海 ㄏㄞˇ	mer 曼喝
島 ㄉㄠˇ嶼 ㄩˇ	île 易喝
湖 ㄏㄨˊ泊 ㄅㄛˊ	lac 拉克
噴 ㄆㄣ水 ㄕㄨㄟˇ池 ㄔˊ	fontaine 否坦呢

154

這幾句最好用

● 這輛公車往大聖堂嗎？

> **Est-ce que ce bus va à Notre-Dame?**

艾-舒 戈 書 比司 瓦 阿 鬧土-大母

● 在哪裡買車票？

> **Où peut-on acheter des tickets?**

屋泊特-歐 阿司代 低 弟丐

● 我要下車。

> **Je veux descendre.**

日 古 得薩的喝 9

中文	法文 & 中文拼音
租ㄗㄨ用ㄩㄥˋ車ㄔㄜ	voiture de location 喝阿句喝 得 牢咖司用
水ㄕㄨㄟˇ上ㄕㄤˋ巴ㄅㄚ士ㄕˋ	Ferry 非力
巴ㄅㄚ士ㄕˋ	autobus 歐刀比司
腳ㄐㄧㄠˇ踏ㄊㄚˋ車ㄔㄜ	bicyclette 比席克來特
計ㄐㄧˋ程ㄔㄥˊ車ㄔㄜ	taxi 他克席

156

中文	法文 & 中文拼音
市內電車	tramway 土阿母晚
市外電車	train de banlieue 土艾 得 班子月
地下鐵	métro 盧妹土歐
地鐵車站	station de métro 司當司用 得 妹土歐
車費	tarif 他黑夫
公車站牌	arrêt de bus 阿累 得 比司

座位	siège 司艾子
車票	billet 比艾
市中心	centre-ville 薩土 - 喝飛了
單程票	aller simple 阿累 三皮子
來回票	aller-retour 阿累 - 娥肚喝

這幾句最好用

- 多少錢？

  ça fait combien?

  薩 吠 告不宴

- 這是找您的錢。

  Voici votre monnaie.

  瓦席 翁土 夢乃

- 不用找了。

  Vous pouvez garder le reste.

  吳 布呵瓦喝 咖喝得 累 累司特

4　方向

中文	法文 & 中文拼音

這裡	ici 衣席
那裡	là-bas 拉 - 班
東	est 艾司特
西	ouest 晚司特
南	sud 序的

中文	法文 & 中文拼音
北 ㄅㄟˇ	nord 鬧喝
右 ㄧㄡˋ	droite 的喝阿特
左 ㄗㄨㄛˇ	gauche 共司
角落 ㄐㄧㄠˇㄌㄨㄛˋ	coin 克晚
直走 ㄓˊㄗㄡˇ	aller tout droit 阿盧 肚 都阿
左轉 ㄗㄨㄛˇㄓㄨㄢˇ	tourner à gauche 肚喝內 阿 共司

中文	法文 & 中文拼音
右_{ーㄨˋ}轉_{ㄓㄨㄢˇ}	tourner à droite 肚喝內 阿 都阿
空_{ㄎㄨㄥ}車_{ㄔㄜ}	libre 力不喝
紅_{ㄏㄨㄥˊ}綠_{ㄌㄩˋ}燈_{ㄉㄥ}	feu rauge 夫 喝巫司
入_{ㄖㄨˋ}口_{ㄎㄡˇ}	entrée 阿土愛
出_{ㄔㄨ}口_{ㄎㄡˇ}	sortie 受喝梯

- 我ㄨㄛˇ想ㄒㄧㄤˇ買ㄇㄞˇ上ㄕㄤ衣ㄧ。

  Je voudrais acheter une veste.

  日 吳的累 阿司代 尤 外司特

- 大ㄉㄚˋ了ㄌㄜ˙ 一ㄧ 點ㄉㄧㄢˇ。

  C'est un peu grand.

  誰 安 泊 哥蘭

- 剛ㄍㄤ剛ㄍㄤ好ㄏㄠˇ。

  Cela me va très bien!

  舒拉 母 瓦 特累 不宴

中文	法文 & 中文拼音

出租腳踏車（ㄔㄨ ㄗㄨ ㄐㄧㄠ ㄊㄚˋ ㄔㄜ）
bicyclette de location
比席克來特 得 牢咖司用

運動（ㄩㄣˋ ㄉㄨㄥˋ）
sport
司包喝

網球（ㄨㄤˇ ㄑㄧㄡˊ）
tennis
代尼司

游泳（ㄧㄡˊ ㄩㄥˇ）
natation
那當司用

高爾夫球（ㄍㄠ ㄦˇ ㄈㄨ ㄑㄧㄡˊ）
golf
共喝夫

5 運動、休閒（一）

MP3-38

釣魚

> pêche
> 拜司

旅行

> voyage
> 喝阿羊子

滑雪

> ski
> 司給

溜冰

> patin à glace
> 巴坦 阿 哥拉司

帆船

> bateau
> 班刀

遊艇

> yacht
> 用特

中文	法文 & 中文拼音
騎ㄑㄧ馬ㄇㄚ	équitation 愛給當司用
爬ㄆㄚ山ㄕㄢ	alpinisme 阿子必尼司母
露ㄌㄨ營ㄧㄥ	camper 咖杯
浮ㄈㄨ潛ㄑㄧㄢ	plongée sous-marine 波牢瑞 書 - 馬累
跳ㄊㄧㄠ舞ㄨ	danse 當司

這幾句最好用

- 太貴了。

  C'est trop cher!

  誰 特好 賽喝

- 便宜一點吧。

  Pouvez-vous me faire un prix?

  布維 - 吳 母 吠喝 安 皮黑

- 這個便宜。

  C'est bon marché.

  誰 崩芒喝舒

6 運動、休閒（二）

MP3-39

中文	法文 & 中文拼音
騎腳踏車	cyclisme 席克力司母
用具	instrument 艾司土魚馬
迪士可舞	disco 低司高
賭場	casino 咖茲鬧
溫泉	station thermale 司當司用 坦喝馬喝

三溫暖

sauna
受那

比賽

match
馬七

電影

cinéma
席內馬

戲劇

théâtre
代良土

音樂會

concext musical
空賽兒 謬茲咖子

展覽會

exposition
艾克司包茲司用

演ㄧㄢˇ唱ㄔㄤˋ會ㄏㄨㄟˋ

concert
高三喝

管ㄍㄨㄢˇ弦ㄒㄧㄢˊ樂ㄩㄝˋ

orchestre
歐喝敢司土

芭ㄅㄚ蕾ㄌㄟˇ舞ㄨˇ

ballet
班來

馬ㄇㄚˇ戲ㄒㄧˋ團ㄊㄨㄢˊ

cirque
席喝克

木ㄇㄨˋ偶ㄡˇ劇ㄐㄩˋ

spectacle de marionnette
司拜克當克子 得 馬喝用乃特

- 我ㄨㄛˇ要ㄧㄠˋ這ㄓㄜˋ個ㄍㄜˋ。

  Je voudrais ceci.

  日 吳的累 舒席

- 我ㄨㄛˇ買ㄇㄞˇ了ㄌㄜˇ。

  Je le prends.

  日 累 皮蘭的喝

- 我ㄨㄛˇ不ㄅㄨˋ要ㄧㄠˋ。

  Je n'en veux pas.

  日 那古 巴

MP3-40

中文	法文 & 中文拼音
歌ㄍㄜ劇ㄐㄩˋ	opéra 歐杯航
標ㄅㄧㄠ題ㄊㄧˊ， 題ㄊㄧˊ名ㄇㄧㄥˊ	titre 梯土
電ㄉㄧㄢˋ影ㄧㄥˇ院ㄩㄢˋ	cinéma 席內馬
入ㄖㄨˋ門ㄇㄣˊ票ㄆㄧㄠˋ	billet d'entrée 比艾 當土愛
對ㄉㄨㄟˋ號ㄏㄠˋ座ㄗㄨㄛˋ 位ㄨㄟˋ	place réservée 皮拉司 娥這喝維

中文	法文 & 中文拼音
白ㄅㄞˊ天ㄊㄧㄢ場ㄔㄤˇ	matinée 馬弟內
晚ㄨㄢˇ上ㄕㄤˋ場ㄔㄤˇ	soieée 司瓦黑
觀ㄍㄨㄢ光ㄍㄨㄤ	tourisme 肚黑司母
郊ㄐㄧㄠ外ㄨㄞˋ	banlieue 班子月
入ㄖㄨˋ場ㄔㄤˇ費ㄈㄟˋ	tarif d'entrée 當黑夫 當土愛
古ㄍㄨˇ蹟ㄐㄧ	sites historiques 席特 衣司刀黑克

名勝_{ㄇㄧㄥˊ ㄕㄥˋ}

> endroits célèbres
>
> 阿的喝阿喝 司來不喝

節慶_{ㄐㄧㄝˊ ㄑㄧㄥˋ}

> fête
>
> 吠特

遊行_{ㄧㄡˊ ㄒㄧㄥˊ}

> défilé
>
> 得吠盧

雕刻_{ㄉㄧㄠ ㄎㄜˋ}

> sculpture
>
> 司久子句喝

這幾句最好用

● 請ㄑㄧㄥˇ結ㄐㄧㄝˊ帳ㄓㄤˋ。

> L'addition,s'il vous plaît.

拉低司用，席 吳 波來

● 請ㄑㄧㄥˇ拿ㄋㄚˊ帳ㄓㄤˋ單ㄉㄢˉ來ㄌㄞˊ。

> Peut-on avoir l'addition?

泊 - 刀 阿呵瓦喝 拉低司用

● 請ㄑㄧㄥˇ給ㄍㄟˇ我ㄨㄛˇ收ㄕㄡˉ據ㄐㄩˋ。

> Donnez-moi un reçu, s'il vous plaît.

動內 - 母瓦 安 蛾序，席了 吳 皮來

8 逛逛名勝

MP3-41

中文	法文 & 中文拼音
香謝大道	Avenue des Champs-Elysées 阿喝女 得 薩 愛力月
大皇宮	Grand Palais 哥航 巴來喝
凱旋門	Arc de Triomphe 良喝克 得 土衣用夫
羅浮宮	Musée du Louvre 謬月 得 羅浮宮
艾菲爾鐵塔	La Tour Eiffel 拉 肚喝 艾菲爾

176

中文	法文 & 中文拼音
羅丹美術館	Musée Rodin 謬月 喝丹
雨果紀念館	Maison de Victor Hugo 曼中 得 未克刀 雨果
畢卡索美術館	Musée Picasso 謬月 - 畢卡索
萬神廟	Panthéon 巴代歐
盧森堡公園	Jardin du Luxembourg 江喝的 句 盧森堡
奧賽美術館	Musée d'Orsay 謬月 奧賽

中文	法文 & 中文拼音
巴士底歌劇院	**Opéra Bastille** 歐杯航 巴士底
貝西公園	**Parc de Bercy** 巴喝克 得 貝西
凡森那森林	**Bois de Vincennes** 伯斯 得 凡森那
侯昂庭院	**Cour de Rohan** 固喝 得 侯昂

這幾句最好用

- 我ㄨˇ餓ㄜˋ了ㄌㄜ。

  J'ai faim.

  皆 吠

- 要ㄧㄠˋ一ㄧ份ㄈㄣˋ炒ㄔㄠˇ飯ㄈㄢˋ。

  Un riz sauté,s'il vous plaît.

  安 黑少代 , 席了 吳 皮來

- 好ㄏㄠˇ吃ㄔ。

  C'est bon.

  誰 崩

第七篇

動_{ㄉㄨㄥˋ}植_{ㄓˊ}物_{ㄨˋ}及_{ㄐㄧˊ}環_{ㄏㄨㄢˊ}境_{ㄐㄧㄥˋ}

MP3-42

中文	法文 & 中文拼音

動ㄨˋ物ㄨˋ

animal
阿尼馬喝

貓ㄇㄠ

chat
薩

老ㄌㄠˇ鼠ㄕㄨˇ

rat
航

狗ㄍㄡˇ

chien
司艾

牛ㄋㄧㄡˊ

boeuf
不巫夫

中文	法文 & 中文拼音
羊（一ㄤˊ）	mouton 木洞
豬（ㄓㄨ）	cochon 高受呢
獅（ㄕ）子（ㄗˇ）	lion 力用
猴（ㄏㄡˊ）子（ㄗˇ）	singe 三子
馬（ㄇㄚˇ）	cheval 司瓦子
蛇（ㄕㄜˊ）	serpent 三喝巴

第七篇 動植物及環境

183

中文	法文 & 中文拼音
魚（ㄩˊ）	**poisson** 波阿受
老（ㄌㄠˇ）虎（ㄏㄨˇ）	**tigre** 梯哥喝
蒼（ㄘㄤ）蠅（ㄧㄥˊ）	**mouche** 木司
老（ㄌㄠˇ）鷹（ㄧㄥ）	**aigle** 艾哥子
蜜（ㄇㄧˋ）蜂（ㄈㄥ）	**abeille** 良邦易

這幾句最好用

在左邊。

C'est à gauche.

誰特 阿 夠司

在右邊。

C'est à droite.

誰特 阿 的喝瓦特

在前面。

C'est tout droit.

誰 杜 的喝瓦

中文	法文 & 中文拼音
植ㄓˊ物ㄨˋ	plante 波拉特
松ㄙㄨㄥ樹ㄕㄨˋ	pin 拜
梅ㄇㄟˊ	prunier 皮魯女愛
竹ㄓㄨˊ	bambou 班不
森ㄙㄣ林ㄌㄧㄣˊ	forêt 否累

果實(ㄍㄨㄛˇ ㄕˊ)

fruit
夫流衣

花(ㄏㄨㄚ)

fleur
夫樂喝

玫瑰花(ㄇㄟˊ ㄍㄨㄟˋ ㄏㄨㄚ)

rose
樓子

鬱金香(ㄩˋ ㄐㄧㄣ ㄒㄧㄤ)

tulipe
句力皮

向日葵(ㄒㄧㄤˋ ㄖˋ ㄎㄨㄟˊ)

tournesol
肚喝內受子

蘭花(ㄌㄢˊ ㄏㄨㄚ)

orchidée
歐喝給得

中文	法文 & 中文拼音
百合	lis 力司
菊花	chrysanthème 克黑江坦母
仙人掌	cactus 咖克肚司
葉子	feuille 非易
花瓣	pétale 杯他兒

這幾句最好用

在ㄗㄞˋ對ㄉㄨㄟˋ面ㄇㄧㄢˋ。

C'est en face.

誰特 阿發司

在ㄗㄞˋ樓ㄌㄡˊ上ㄕㄤˋ。

C'est en haut.

誰特 阿 歐

在ㄗㄞˋ正ㄓㄥˋ前ㄑㄧㄢˊ方ㄈㄤ。

C'est tout droit.

誰特 杜 的喝瓦

中文	法文 & 中文拼音

晴ㄑㄧㄥˊ天ㄊㄧㄢ

beau temps
包 當

陰ㄧㄣ天ㄊㄧㄢ

ciel couvert
司艾子 固萬喝

雨ㄩˇ

pluie
皮流衣

雪ㄒㄩㄝˇ

neige
乃子

風ㄈㄥ

vent
風

中文	法文 & 中文拼音

颱風ㄈㄥ

typhon

梯風

暴風雨ㄩˇ

tempête

當拜特

龍捲風ㄈㄥ

cyclone

席克牢呢

打雷ㄌㄟˊ

tonner

刀內喝

地震ㄓㄣˋ

tremblement de terre

土良不盧馬 得 坦喝

氣溫ㄨㄣ

température

當杯航句喝

第七篇 動植物及環境

中文	法文 & 中文拼音

彩虹

arc-en-ciel

阿喝克 阿 司艾子

火星

Mars

馬喝司

木星

Jupiter

銳必坦喝

土星

Saturne

薩句喝呢

宇宙

cosmos

高司貓司

這幾句最好用

● 我ㄨㄛˇ迷ㄇㄧˊ路ㄌㄨˋ了ㄌㄜ。

Je suis perdu.

日 司哇 拜喝句

● 我ㄨㄛˇ迷ㄇㄧˊ路ㄌㄨˋ了ㄌㄜ。

Je me suis égaré(e).

日 母 司哇 愛咖蛾

● 您ㄋㄧㄣˊ需ㄒㄩ要ㄧㄠˋ幫ㄅㄤ忙ㄇㄤˊ嗎ㄇㄚˊ？

Je peux vous aider?

日 泊吳 愛得

中文	法文 & 中文拼音

星ㄒㄧㄥ星ㄒㄧㄥ

étoile
愛特阿子

牡ㄇㄨˇ羊ㄧㄤˊ座ㄗㄨㄛˋ

Bélier
伯力宴

金ㄐㄧㄣ牛ㄋㄧㄡˊ座ㄗㄨㄛˋ

Taureau
刀樓

雙ㄕㄨㄤ子ㄗˇ座ㄗㄨㄛˋ

Gémeaux
瑞貓

蟹ㄒㄧㄝˋ座ㄗㄨㄛˋ

Cancer
咖三喝

中文	法文 & 中文拼音
獅子座	Lion 力用
處女座	Vierge 非艾喝子
天秤座	Balance 班龍司
蠍座	Scorpion 司高喝皮用
射手座	Sagittaire 薩茲坦喝
山羊座	Capricorne 咖皮黑高喝呢

中文	法文 & 中文拼音
水瓶座	Verseau 盧萬喝受
魚座	Poissons 皮阿受
太陽	soleil 受來易
月亮	lune 子由
地球	Terre 坦喝

這幾句最好用

● 我去大使館。

> Je vais à l'Ambassade.
>
> 日 外司 阿 阿巴薩的

● 我去火車站。

> Je vais à la gare.
>
> 日 外司 阿 拉 咖喝

● 我去巴黎。

> Je vais à Paris.
>
> 日 外司 阿 巴黎

中文	法文 & 中文拼音
談戀愛	tomber amoureux 刀伯 - 阿木喝責
相愛	s'aimer 薩妹
愛上	aimer 愛妹
朋友	copain 高班
吵架	se disputer 司 低司撲代

中文	法文 & 中文拼音
約會	rendez-vous 航得 吾
和好	se réconcilier 司 娥高席力宴
離婚	divorcer 低旺喝司
外遇	une relation hors mariage 由 娥拉司用 歐喝 馬喝羊子
分手	séparer 司巴娥
外遇對象	adultère 阿句子坦喝

中文	法文 & 中文拼音
談得來	accord tacite 阿高喝 他席特
結婚	se marier 司 馬喝宴
生子	enfanter 阿發代
情婦	maîtresse 曼土艾司
同居	concubinage 高久比那子

這幾句最好用

我同意您的看法。

Je suis d'accord avec vous.

日 司哇 大告喝 阿外克 吳

這是個好主意。

C'est une bonne idée.

誰 尤 崩呢 衣得

我同意。

Je suis d'accord.

日 司哇 大告喝

第八篇

發生意外

ㄈㄚ ㄕㄥ ㄧˋ ㄨㄞˋ

中文	法文 & 中文拼音
警察	police 包力司
大使館	l'ambassade 歐恩班薩的
領事館	consulat 高序拉
小偷	voleur 旺子屋喝
扒手	pickpocket 必克包敢特

錢ㄑㄧㄢˊ包ㄅㄠ

portefeuille

包喝代非易

交ㄐㄧㄠ通ㄊㄨㄥ事ㄕˋ故ㄍㄨˋ

accident de voiture

良克席當 得 喝阿句喝

救ㄐㄧㄡˋ命ㄇㄧㄥˋ啊ㄚ！

Au secours!

歐 司固喝

住ㄓㄨˋ手ㄕㄡˇ！

Arrête!

阿娥代

捉ㄓㄨㄛ住ㄓㄨˋ
他ㄊㄚ！

Attrapez-le!

阿他杯 乳

丟ㄉㄧㄡ了ㄌㄜˊ

perdu

拜喝句

中文	法文 & 中文拼音
被偷了	volé 旺累
護照	passeport 巴司包喝
現金	espèces 艾司拜司
旅行支票	chèque de voyage 三克 得 喝阿羊子
信用卡	carte de crédit 咖喝特 的斯 克娥低

這幾句最好用

● 發ㄈㄚ生ㄕㄥ事ㄕ故ㄍㄨ了ㄌㄜ。

J'ai eu un accident.

皆 由 安 阿克席洞

● 我ㄨㄛ被ㄅㄟ撞ㄓㄨㄤ了ㄌㄜ。

J'ai eu une collision.

皆 由 尤 告力子用

● 請ㄑㄧㄥ幫ㄅㄤ我ㄨㄛ叫ㄐㄧㄠ救ㄐㄧㄡ護ㄏㄨ車ㄔㄜ。

S'il vous plaît,appelez une ambulance.

席了 吳 皮來 , 阿皮累 尤 阿比龍

中文	法文 & 中文拼音
醫￣院ㄩㄢˋ	hôpital 歐必他兒
救ㄐㄧㄡˋ護ㄏㄨˋ車ㄔㄜ	ambulance 良比龍司
緊ㄐㄧㄣˇ急ㄐㄧˊ	urgence 魚喝江司
齒ㄔˇ科ㄎㄜ	clinique dentaire 克力尼克 當坦喝
眼ㄧㄢˇ科ㄎㄜ	ophthalmologie 歐夫當子貓牢茲

外科
chirurgie
席魯喝茲

內科
médecine des maladies internes
曼的席呢 的 馬拉低 艾坦喝呢

婦產科
gynécologie
茲內高牢哥

耳鼻科
oto-rhino-laryngologiste
歐刀 黑鬧 拉累共牢茲司特

醫生
médecin
曼的三

護士
infirmière
艾吠喝母艾喝

中文	法文 & 中文拼音
住院	**hospitalisation** 歐司必當力江司用
處方箋	**ordonnance** 歐喝動那司
打針	**faire une piqûre** 吠喝 由 必久喝
診斷	**diagnostic** 的羊哥鬧司梯克
診斷書	**certificat médical** 喝三喝梯吠咖 妹低咖喝

這幾句最好用

● 我ㄨㄛˇ要ㄧㄠˋ看ㄎㄢˋ醫ㄧ生ㄕㄥ。

> Je veux voir un médecin.

日 古 呵瓦喝 安 麥的賽

● 麻ㄇㄚˊ煩ㄈㄢˊ請ㄑㄧㄥˇ快ㄎㄨㄞˋ一ㄧ點ㄉㄧㄢˇ。

> Un peu plus vite,s'il vous plaît.

安 泊 皮綠 未特,席了 吳 皮來

● 我ㄨㄛˇ這ㄓㄜˋ裡ㄌㄧˇ痛ㄊㄨㄥˋ。

> J'ai mal là.

皆 芒了 拉

3 疼痛及藥品

MP3-49

中文	法文 & 中文拼音
肚子痛	mal au ventre 馬喝 歐 王土
想吐	nausée 鬧月
發癢	démangeaison 得馬這中
割傷	coupure 固撲喝
便秘	constipation 高司梯巴司用

腹瀉ㄈㄨˋ ㄒㄧㄝˋ

diarrhée
的羊娥

頭暈ㄊㄡˊ ㄩㄣ

vertige
萬喝梯子

頭痛ㄊㄡˊ ㄊㄨㄥˋ

avoir mal à la tête
阿喝阿喝 馬子 良 拉 坦特

瘀傷ㄩ ㄕㄤ

contusion
高句子用

生理痛ㄕㄥ ㄌㄧˇ ㄊㄨㄥˋ

douleur menstruelle
肚樂喝 馬司土耶喝

牙痛ㄧㄚˊ ㄊㄨㄥˋ

avoir mal aux dents
良喝阿喝 馬子 歐 當

中文	法文 & 中文拼音

喉ㄏㄡˊ嚨ㄌㄨㄥˊ痛ㄊㄨㄥˋ

avoir mal à la gorge

阿喝阿喝 馬子 阿 拉 共喝子

身ㄕㄣ體ㄊㄧˇ不ㄅㄨˋ舒ㄕㄨ服ㄈㄨˊ

se sentir mal

司 薩梯喝 馬喝

發ㄈㄚ冷ㄌㄥˇ

avoir froid

阿喝阿喝 夫喝阿

倦ㄐㄩㄢˋ怠ㄉㄞˋ

se sentir mou

司 薩梯喝 木

發ㄈㄚ麻ㄇㄚˊ

être engourdi

艾土 阿固喝低

這幾句最好用

● 我ㄨㄛˇ想ㄒㄧㄤˇ吐ㄊㄨˋ。

> J'ai la nausée.
>
> 皆 拉 鬧才

● 我ㄨㄛˇ頭ㄊㄡˊ痛ㄊㄨㄥˋ。

> J'ai mal à la tête.
>
> 皆 芒了 阿 拉 代特

● 我ㄨㄛˇ感ㄍㄢˇ冒ㄇㄠˋ了ㄌㄜ。

> Je me suis enrhumé.
>
> 日 母 司哇 阿魯妹

4 疼痛及藥品

MP3-50

中文	法文 & 中文拼音
消化不良	indigestion 艾低這司特用
咳嗽	toux 肚
打噴嚏	éternuement 愛坦喝女馬
鼻涕	avoir le nez qui coule 阿福阿喝 盧 內 給 固子
失眠症	insomnie 艾受母尼

骨折

fracture

夫航克句喝

高血壓

hypertension

衣拜喝當司用

低血壓

hypotension

衣包當司用

過敏症

allergie

阿來喝茲

旅行保險

assurance de voyage

阿序航司 得 喝阿羊子

藥局

pharmacie

發喝馬席

第八篇

發生意外

217

藥一ㄠˋ

médicament

妹低咖馬

感ㄍㄢˇ冒ㄇㄠˋ藥一ㄠˋ

médicament contre le rhume

妹低咖馬 高土 盧 魯母

阿ㄚ斯ㄙ匹ㄆ一ˇ靈ㄌㄧㄥˊ

aspirine

阿司必黑呢

止ㄓˇ痛ㄊㄨㄥˋ藥一ㄠˋ

médicament contre la douleur

妹低咖馬 高土 拉 肚樂喝

溫ㄨㄣ度ㄉㄨˋ計ㄐㄧˋ

thermomètre

坦喝貓曼土

這幾句最好用

● 我ㄨㄛˇ瀉ㄒㄧㄝˋ肚ㄉㄨˋ子ㄗˇ。

> **J'ai la diarrhée.**
>
> 皆 拉 的押蛾

● 我ㄨㄛˇ肚ㄉㄨˋ子ㄗˇ痛ㄊㄥˋ。

> **J'ai mal au ventre.**
>
> 皆 芒了 歐 瓦土

● 可ㄎㄜˇ以ㄧˇ繼ㄐㄧˋ續ㄒㄩˋ旅ㄌㄩˇ行ㄒㄧㄥˊ嗎ㄇㄚ？

> **Est-ce que je peux continuer mon voyage?**
>
> 耶-書 戈 日 泊 告弟妞愛 夢 呵瓦押子

國家圖書館出版品預行編目資料

用中文輕鬆學法文--單字篇 (增訂1版) / 林曉葳 編著.
– 新北市：哈福企業, 2024.05
　面； 公分. -- (法語系列；18)
ISBN 978-626-74440-5-4 （平裝）
1.CST: 法語 2.CST: 詞彙

804.52

免費下載QR Code音檔
行動學習，即刷即聽

用中文輕鬆學法文-單字篇
(QR Code版)

編著／林曉葳
責任編輯／張芬芬
校訂／Andre Martin
封面設計／李秀英
內文排版／林樂娟
出版者／哈福企業有限公司
地址／新北市淡水區民族路 110 巷 38 弄 7 號
電話／ (02) 2808-4587
傳真／ (02) 2808-6545
郵政劃撥／ 31598840
戶名／哈福企業有限公司
出版日期／ 2024 年 5 月
台幣定價／ 349 元 (附線上 MP3)
港幣定價／ 116 元 (附線上 MP3)
封面內文圖 / 取材自 Shutterstock

全球華文國際市場總代理／采舍國際有限公司
地址／新北市中和區中山路 2 段 366 巷 10 號 3 樓
電話／ (02) 8245-8786 傳真／ (02) 8245-8718
網址／ www.silkbook.com 新絲路華文網

香港澳門總經銷／和平圖書有限公司
地址／香港柴灣嘉業街 12 號百樂門大廈 17 樓
電話／ (852) 2804-6687
傳真／ (852) 2804-6409

email ／ welike8686@Gmail.com
facebook ／ Haa-net 哈福網路商城

電子書格式：PDF

哈福